妙探鬼靈精

Spirit Detectives

02

——— 消失的魅影 ———

故事文字｜何肇康　　創作繪畫｜余遠鍠

目
CONTENTS
錄

周潔瑜（小瑜）

周氏集團的千金小姐，為人活潑開朗，重視感情。小瑜不擅長動腦筋，每次思考時都會昏昏欲睡，因此經常被守護靈阿鬼調侃。

諸葛泳璇（泳璇）

古代名將諸葛亮的後人，觀察入微，被稱為神探。泳璇熱愛解謎，卻不諳人情世故，常常會被人感到冷酷無情，敬而遠之。

阿鬼

小瑜的守護靈，是個失憶的古代靈體。阿鬼聰明絕頂，經常把天真愚鈍的小瑜視為笑柄，但其實相當重視這個「宿主」。

呂佳穎（隊長）

F.I.V.E. 隊長，團內的核心人物。佳穎是個冷若冰霜的少女，性格纖細，對團員相當嚴厲，與晴彤的人氣不相上下。

劉凱晴（晴晴）

F.I.V.E. 副隊長，溫柔軟弱，羞澀內向。晴晴長著一副稚嫩的外表，經常都誠惶誠恐，默默忍受著佳穎的苛求。

黃晞彤（彤姐）

男孩子性格，經常不拘小節，把年幼團員都視作妹妹一樣。彤姐真情流露、不造作的性格，令她成了團員中最具人氣的一位。

余梓喬（小喬）

最年幼、資歷最淺的團員，整天都是一副呆相。小喬反應極慢，彷彿像個沒有感情的娃娃一樣，但

潘家翔（翔哥）

F.I.V.E. 經理人，溫文儒雅，除了負責照顧五位少女外，更不時要充當調停的角色。翔哥特別疼愛佳

阿福

小瑜的忠心管家，健碩沉靜，外表雖然兇狠，內心卻是個溫柔的男人，對待小瑜有如親生女兒一樣。

第一章

閃閃發亮的組合

才下午時分，天上卻已經烏雲密佈，落著毛毛細雨。

昏暗得像晚上一樣，似乎想警告大家風暴將至。

在遠離城市的工業區內，一座被矮灌木叢包圍著、外牆灰白殘破的舊倉庫，卻與這個肅殺的氣氛形成強烈對比。

倉庫外牆僅有的數個小窗戶，滲透出強烈燈光，以及跳脫的音樂聲……

因為，才一門之隔，裡面原來是個碩大的
表演場地！

　　不設座位的觀眾席中，站滿了興奮莫名的
年輕男女，紛紛向著舞台的方向歡呼應援。

　　眾人眼中的主角，是舞台上被燈光照射著
的五名少女⋯⋯

　　這個舊倉庫，正是人氣女團 F.I.V.E. 的專屬
表演廳！

五人穿著花枝招展的可愛制服，沐浴在燈光及歡呼聲中，隨音樂載歌載舞著！

她們的舞姿閃閃發亮，一舉手一投足都會惹來粉絲們的熱烈喝彩！

少女們不忘對著台下眨眼揮手，回應粉絲的支持。

早就排練過數千次的演出，對她們完全沒有難度。

可是，周潔瑜卻感到無比壓力……

因為，那個可惡的阿鬼，大剌剌地盤著腿坐在舞台中央，望著觀眾們。

這個一身古服、滿頭白髮的失憶靈體，是小瑜的「守護靈」——除了她以外，現場百多雙眼睛，都無法看到阿鬼。

小瑜一邊裝作無事地跳著舞，一邊要小心翼翼避開阿鬼……

她可不想碰上阿鬼，因為每次跟他有所接觸，都會給她一種恍如被關進雪櫃的渾身冰冷感！

一不留神，她狠狠地撞上了身旁的晴晴；

幸好她一手扶住了
自己，小瑜才不至
於失足跌倒！

　　觀眾嘩然，但並
沒有介懷這個小失
誤……

　　倒是
隊長佳穎
卻沒有看
走眼，立
即給了她們

兩人一個冷冷的眼神。

阿鬼看到小瑜的狼狽姿態，肆無忌憚地哈哈大笑起來……

——喂！你這是甚麼意思!?

好想就這樣破口大罵！然而演出還未完結，小瑜也只能憋住滿肚子氣，強擠出笑容來！

好不容易撐到演出完畢，小瑜在觀眾的掌聲及歡呼聲之中，跟著四名隊友離開表演廳。

被阿鬼不斷騷擾的同時，仍要裝作看不見，繼續歌舞，小瑜真的被弄得身心俱疲，巴不得立即回到化妝間小睡片刻。

可是，始作俑者阿鬼完全沒理會她的感受；踏上後台的走廊時，他仍然不斷在她身邊恥笑著！

「就你這副身手，如果我是你們校尉的話，肯定要把你軍法處置。」他哄到小瑜臉前，用

手比出「V」的手勢放在額角，模仿少女們的舞姿：「還有你們這個，究竟是甚麼奇怪的奇門武功？」

小瑜強壓下反嗆他的衝動，鼓起腮沒有說話。

翔哥

要是阿鬼有實體的話，她真的好想一巴掌搧到阿鬼臉上！

回到休息區，年輕俊俏的經理人翔哥正在等著她們；看到五位歸來的少女，立即托托眼鏡，把手上的平板電腦挾到腋下，輕輕鼓掌歡迎她們。

佳穎卻板起那張俏麗的臉孔，煩躁地搔了搔染成金色的漂亮長髮，回頭盯向小瑜及晴晴。

佳穎

竟然犯了這種低級錯誤？排練還未夠純熟嗎？

跟晴晴無關的，
都是我冒失。

小瑜

小瑜嘗試幫晴晴開脫。

聞言，佳穎瞪大眼睛
望著晴晴。

你可是副隊長，為何連
隨機應變都做不到？

沒想到，這反而令
矛頭指向了晴晴，罵得
比剛才還要兇。

面對佳穎的責罵，
晴晴只能臉如死灰，默

晴
晴

默承受；本來就小個子的她
低著頭，看起來更顯渺小，
那張仍帶稚氣的臉，像快要
哭出來一樣。

年紀最小的小喬呆立原地，不知道是在發白日夢，還是被佳穎的氣勢震懾住……

如此凝重的氣氛之下，翔哥一臉尷尬，想要調停又不知如何插手……

然而，晞彤竟然在此時，懶洋洋地在沙發上坐下了！

小喬

小穎，小犯錯而已，不用那麼嚴厲吧？

小犯錯？你怎麼可以這樣輕浮？

晞彤

「放鬆一點吧，現在不是好好的表演完畢了嗎？」晞彤完全不怕佳穎，反而佻皮地對她眨了眨眼睛。

「只要走到台上，就是背負著 F.I.V.E. 的名聲！容不下半點失誤！」

晞彤滿不在乎地攤攤手，把齊肩的短髮梳到耳後，對佳穎微微一笑。

這個舉動比起任何反駁的話，更使佳穎感到憤怒！眼見她正要發飆之時——

「好啦，都別吵了。」翔哥好不容易找到介入的時機，看著平板電腦上的日程表：「二十分鐘後還有見面會，大家把今天圓滿結束掉吧！」

聞言，佳穎沒再說半句話，氣沖沖地走開。

翔哥對餘下的四名少女苦笑，接著一名工作人員走近，跟他交頭接耳了數句，然後他又跑到不知哪裡忙去了。

小瑜等人終於放鬆了下來。

「剛才⋯⋯真的對不起⋯⋯」小瑜拍拍晴晴的肩膀，輕聲向她道歉。

晴晴點點頭，用手背拭去眼眶中的淚水。

「只是小穎那傢伙小題大做而已。」晞彤漫不經心地插嘴。

「沒有，我的確是還有不足。」得到隊友們的安慰，晴晴重新振作起來：「小喬，沒嚇倒你吧？」

「啊⋯⋯！甚麼？」被這麼一叫，小喬才左顧右盼望望晴晴及小瑜，一頭粉紅色長髮在她腦袋兩邊搖晃著。

看她一臉剛剛驚醒的表情，原來剛才她真的只是在發呆！

晴晴被她這副呆相弄得不禁一笑，領著她回到兩人的化妝室去。

晞彤走到小瑜面前，身材高䠷的她像個大姐姐一樣，摸了摸小瑜的頭。

「趁機會去休息，等下見面會的時候不要再出岔子了。」晞彤溫柔地對小瑜說道，然後邁步離開休息區。

阿鬼可說是整場風波的元兇，但他只是一直站在角落看著。

你看，氣氛變得如此不和諧，都是因為你笨手笨腳。

小瑜再也按捺不住，狠狠地對阿鬼吼道！

弄成這樣還不是因為你！

第二章

大駕光臨的偵探

　　整個表演場地，是周氏集團斥資購買並改建而成的。

　　這裡只有四間化妝室。佳穎和晞彤是F.I.V.E. 當紅的團員，兩人各佔一間；晴晴跟小喬共用最大的一間。

　　小瑜身為周氏集團的千金，當然也享有自己的一間。

　　寬敞舒適的化妝室，放著一張梳妝枱，枱上除了各式各樣的化妝品外，還有一疊厚厚的表演日程。

　　梳妝枱旁是一列長鐵架，掛滿演出用的服裝。每個休息室都內置洗手間，裡面還附有洗澡的地方。

　　「這裡的衣服比你家中還要多，你真用得

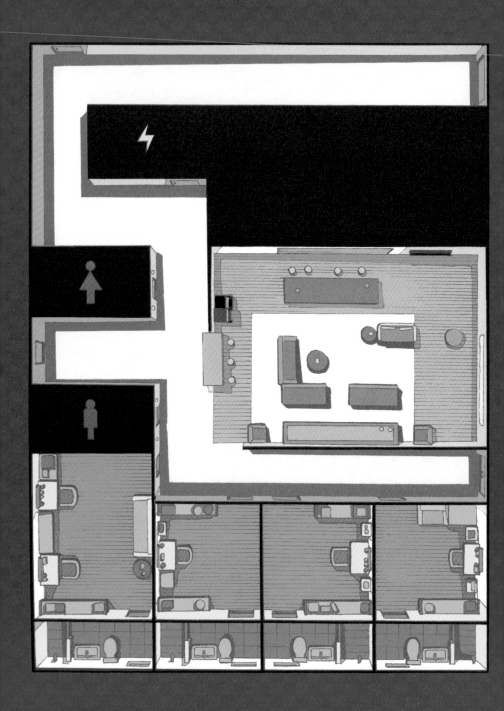

著嗎？」阿鬼可是第一次來到這裡，對小瑜種類繁多的飾物嘖嘖稱奇。

小瑜把額頭擱在梳妝枱面，雙手無力地下垂。

她滿腦子都在想著：要是一直被這傢伙纏上，以後要怎麼繼續女團的演出？

阿鬼走到小瑜身後的牆壁，把頭穿了過去。

然後「哇」的一聲，趕快把頭抽了回來！

小瑜疑惑地望向阿鬼，只見他乾咳兩聲掩蓋窘態。

「我只是好奇查看而已，並無偷窺之心。」阿鬼如此說道；看來他並不知道旁邊是晞彤的房間。

「我表演的時候，你不要再走到台上！」小瑜直截了當地叮囑阿鬼。

「有何區別？能看見我的人就只有你。」

「這就是重點！你影響到我呀！」

「所言甚是……」阿鬼點點頭答應小瑜；這隻麻煩鬼雖然嘴巴不饒人，幸好還是講道理的，小瑜這才抒了一口氣。

她走到鐵架前，抽出見面會要穿的服裝。

「看起來一點也不實用的服裝，你們這個小隊到底是負責甚麼職務的？」阿鬼對梳妝鏡上貼著的 F.I.V.E. 團體照，搔著下巴問道。

她沒有回答阿鬼的話，只是走到洗手間關上門。

透過那扇小小的氣窗，可見外面原來正在下著傾盆大雨，風聲也變得愈來愈強烈。

豆大的雨珠不停打在玻璃上，幸好小瑜沒有把窗戶打開。

彷彿天氣會繼續惡化下去，小瑜擔心阿福：車子停在後門外的路旁，受著風吹雨打，而他正在車子裡等著她。

你還是先進來到後台待著吧！換好衣服，

小瑜就馬上發了個訊息給阿福。

「所以說，那個金髮小姐，是你們的校尉？」阿鬼隔著門問道。

「金髮……你指佳穎嗎？」小瑜打開門，探出頭道：「她是我們隊長啦。」

「正言厲色，穎姑娘果真是個好領袖。」阿鬼想著皺起眉頭：「倒是那個高䠷的姑娘……好像不太服從。」

「別這麼說吧，彤姐跟佳穎是同期出道的同輩，私下是很要好的朋友。」小瑜回到梳妝枱趴著：「而且她很照顧我們的，就像個大姐姐一樣。」

「就是因為有這種前輩，你才會變得這樣笨拙又懶散。」

小瑜氣上心頭，剛想反駁時，敲門聲響起。

她推開門一看，來者就是阿福，跟在他身後的，還有小瑜想也沒想過會在這裡見到的——

諸葛泳璇！

　　因為下雨的關係，她身上滿是水濕的痕跡。

　　阿鬼看到泳璇，不禁眉頭一皺；小瑜倒是
立馬親暱地抓著她雙手。

「我在外面剛好遇到諸葛小姐，所以就帶她一併進來了。」阿福對小瑜解釋。

「你是來看我的嗎？」小瑜眼光發亮。

「不是呀。」泳璇直截了當的否定。

我收到一個調查委託：
你們團內，
是不是有個叫
余梓喬的女孩？

小瑜跟泳璇並肩坐在梳化上，阿鬼站在她們身後；阿福在圓餐枱處靜靜地守候。

而她們的正對面，小喬一臉茫然，側了頭望著泳璇。

「我就是諸葛泳璇。」她拿出電話揚了一下：「在網上收到了你的委託訊息。」

呀！是的，你就是聖美心神探吧？

小喬呆了好半晌，才恍然大悟起來。

她總算搞清楚了情況。

這時，一陣急躁的腳步聲由她們身後傳來；回頭一看，只見佳穎從會議室那邊，怒氣沖沖地步出。

她跟泳璇四目交投，還好沒說甚麼，而是逕直去到走廊處，應該是要回自己的化妝室。

小瑜感到佳穎心情不太好，可是又不敢向她問候。

泳璇也沒有在意，很快又把注意力放回到小喬身上。

「你想我把這人找出來，是嗎？」泳璇把

電話放到了枱上。

　　熒幕上顯示出一個叫「魅影」的帳戶，頭像是個黑影，內容全都是轉發有關 F.I.V.E. 以及小喬的網絡影片。

　　小喬望著魅影的帳戶，又耗了一會，才瞪大眼睛連連點頭。

　　有必要看這麼久嗎？小瑜對她的遲鈍有點哭笑不得。

「這人是誰？」小瑜輕聲問。

「一直對她發騷擾訊息的人。」泳璇答道，然後把電話交到小瑜手上。

小瑜一直滑著電話：魅影發給小喬的訊息，全都是些不堪入目的留言⋯⋯

「他最近變本加厲起來，還說今天會來到現場把她帶走。」

「根本就是跟蹤狂所為呀！」小瑜驚訝。

她也有類似被網絡騷擾的遭遇，幸好每次

只要把對方封鎖就能了事；但是這個魅影⋯⋯
那已經是近乎恐嚇的宣言了吧？

「嗯，跟蹤狂。」身為當事人，小喬的語
氣未免過於輕描淡寫。

小瑜真不明白她是膽子特別大，還是缺乏
危機意識。

這時，換好了衣服的晴晴回到休息區，看
到小瑜等人都在，不知為何驚慌起來。

小瑜覺得晴晴有點可憐，老是被佳穎苛刻
針對，搞得人都有點神經質了。

「不用怕啦⋯⋯佳穎才剛回到化妝室去。」
小瑜眨眨眼。

晴晴虛弱地一笑，走到小瑜身旁坐著。

「這個跟蹤狂的事⋯⋯偵探姐姐有甚麼頭
緒嗎？」小喬望著泳璇問。

「暫時未有。」泳璇坦率地搖搖頭。

「學姐很厲害的，一定能把這個『魅影』

揪出來！」小瑜真心相信泳璇的能力。

翔哥從會議室步出，剛好聽到這句話。

「甚麼是魅影？」滿臉笑容的他，把手上的平板電腦轉向小喬，向她展示出一套衣服的照片：「見面會差不多開始了，小喬你不是要換這套服裝嗎？」

小喬愣了一下，才發現自己原來還穿著演出的服裝，連忙一蹦一跳地趕去換衣服。

「待會我就跟你們一起到外面吧，搞不好能抓到魅影的一些蛛絲馬跡。」泳璇用橡筋紮好頭髮，倏地站起。

晞彤以及換好衣服的小喬，都陸續回到休息區集合，唯獨是佳穎沒有出現。

「唉⋯⋯小穎到底在做甚麼？」翔哥焦急起來，領著四名團員、還有泳璇來到通往表演廳的門前。

佳穎休息室就在旁邊，他敲了敲門，又嘗

試轉動門把，發現門鎖上了。

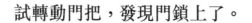

小穎，不要鬧脾氣了。

沒有回應。

「不管了，你們先出去吧。」
翔哥硬著頭皮，讓缺了一人的
F.I.V.E. 再次步入表演廳，
出現在粉絲們面前。

泳璇瞄了一眼佳穎的
房門，沒多說甚麼，亦
跟著無奈的翔哥穿過大
門，離開後台。

誰也沒有意識到已
經發生、以及即將發生
的事件……

第三章

倒地不起的隊長

　　表演廳的門被吹得嘎嘎作響，看來颱風終於來臨了。

　　角落放著的五張桌子，就是見面會舉行的地方。

　　翔哥在表演廳內東奔西跑，望著手中的平板電腦，井然有序地指示著工作人員維持秩序。

　　觀眾們排成四列，手上拿著各式各樣的紀念品，輪候著向偶像索取簽名、合照以及握手的機會。

　　看來惡劣的天氣並未澆滅他們的熱情。

　　可是，仍有為數不少的觀眾散落在表演廳四處，既因風暴而被困在此，又或還在等自己最想見的一位偶像——因為，佳穎最終還是沒有離開化妝室，參與見面會。

小瑜替一個男孩在海報上簽名，兩人自拍
合照後，燦爛地笑著與他道別；緊接著又來了
兩名少女來到她面前，把珍藏的明星卡遞到小
瑜面前。

為甚麼……大家都樂於
讓你塗污他們的東西？

　　阿鬼看得瞪大眼睛，不敢相信。
　　那不是塗污！那是簽名！小瑜趁著兩名少
女離開的空檔，飛快地回答阿鬼的問題……

一般來説，小瑜最喜歡這樣近距離跟粉絲見面；對她來説，每一位來到自己面前的開懷笑臉，都是對自己的鼓勵。

只是，小瑜今天總覺得有點不自在。

一方面是知道小喬被跟蹤狂纏上，那人更可能就在現場，替她感到擔心；另一方面，向來連遲到也不會的佳穎，居然無故缺席了今天的這個環節，總使小瑜有點介懷。

她瞄向身旁的其他團員，熟悉三人性格的小瑜，不難看出她們燦爛笑容的背後，其實也各懷心事。

看來大家都在擔心佳穎是不是出了甚麼問題。

小瑜留意到觀眾席間，泳璇一邊游走，一邊目光如炬地四處監察著。

小喬和魅影的事，有學姐在就不用擔心了……小瑜如此想道，只是等會要好好了解下佳穎到底發生了甚麼事……

見面會終於完結，可是外面的風暴仍在持續。

眾人都無法離開，只能留在表演廳內，百無聊賴地待著。

四位少女早已回到後台，聚集在佳穎的化妝室前。

「要不要看看隊長怎麼了？」小瑜還是擔心著她。

「鬧脾氣吧？最近她經常都這樣。」晞彤開始敲著門：「出來吧，有甚麼事跟大家講清楚不就好了？」

小喬靠著牆呆站，彷彿靈魂出竅一樣。

晴晴眼裡則閃過一絲懼色。

「那個娃娃臉，不用這麼害怕吧？」阿鬼看在眼裡，不禁覺得奇怪。

「呂佳穎，再不理我，我就要生氣了！」晞彤開始有點不悅。

這時，她的電話響起。

「喂？」晞彤接過電話，揚起了眼眉：「嗯……好的，明白。」

掛線後，她回頭望向三位團員。

「翔哥說有事情宣佈，叫我們到休息區集合。」晞彤不忿地望向佳穎那扇緊閉的門扉。

「奇怪……」阿鬼喃喃自語，瞇起眼望著晞彤。

怎麼了？小瑜問道。

可是阿鬼沒有回答，而是皺起眉思考著。

少女們等了好一會，才見翔哥匆匆忙忙地回到休息區中。

「你動作好慢喔。」心情欠佳的晞彤忍不住發牢騷。

「抱歉！」

「沒事啦……倒是你要宣佈的是甚麼？」

「嗯，是有關佳穎的事。」翔哥揉著雙手，
好像有難言之隱一樣。

　　一番話又使小瑜惦記起佳穎……

「小瑜，有事在忙嗎？」翔哥看到小瑜一
直在按著電話，柔聲地問道。

「沒事沒事……」她苦笑答道。

然後給了阿鬼一個凌厲的眼神。

阿鬼拿她沒法，只好聳聳肩，穿過休息區的牆走向佳穎那邊。

　　「隊長怎麼了？」晴晴追問著。

這個消息，把F.I.V.E.的四人弄得晴天霹靂……

彷彿要把情況弄得更混亂一般，阿鬼在此時穿過牆壁飛奔回來——

「穎姑娘她……她受傷倒下了！」

聞言，小瑜慌張起來；她從未見過阿鬼如此氣急敗壞！

「隊長受傷了！」完全沒加思索，就吼了出來：「她倒下了！」

跑到化妝室門前，小瑜嘗試開門，門稍稍動了動……

然後一股強大的力量，從裡面牢牢把門拉緊！

小瑜嚇得往後退！

「阿福！裡面……裡面有人！」

聽到小瑜的呼喚，阿福趕在其他人前來到小瑜身邊。

「失禮了。」阿福緊握拳頭，發盡全力轟在門把上──

門把應聲掉落，他立即一手把門拉開！

同時一陣強風刮起，少女們的頭髮被風掀起，阿福的帽

子更被吸到了室內──

就如阿鬼所說，佳穎躺臥在地上，前額角有明顯的傷痕，仍在不斷滲著血。

風吹得鐵架上的衣服搖個不停、紙張在空中飄散、由窗外刮進來的落葉到處亂竄⋯⋯

這個情景，使小瑜、晞彤等所有人，都嚇得說不出話來！

無畏無懼的阿福走進去，仔細查看化妝室及洗手間的每個角落。

「瑜小姐放心，這裡除了佳穎外，並沒有其他人。」他關上洗手間的氣窗，化妝室內胡亂飛舞的雜物始靜止下來。

眾人仍站在門外不敢內進，阿福隨即撥走蓋在佳穎身上的紙張及落葉，檢查她的狀況。

「佳穎仍活著，我可以先替她應急料理傷勢。」阿福向小瑜報告：「只是待風勢轉弱，要立即把她送院。」

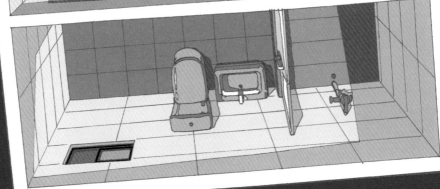

聞言，小瑜、翔哥、晴晴和小喬紛紛擠到化妝室內，查看佳穎的狀況。

「等⋯⋯等等⋯⋯」翔哥好像發現了甚麼。

他走到梳妝枱旁，指著一張白紙。

紙張上，寫著數個斗大的紅字。

翔哥拿起來細看，訝異得嘴巴都合不起來⋯⋯

紙上的那些字體歪歪斜斜，完全無法辨認字跡。

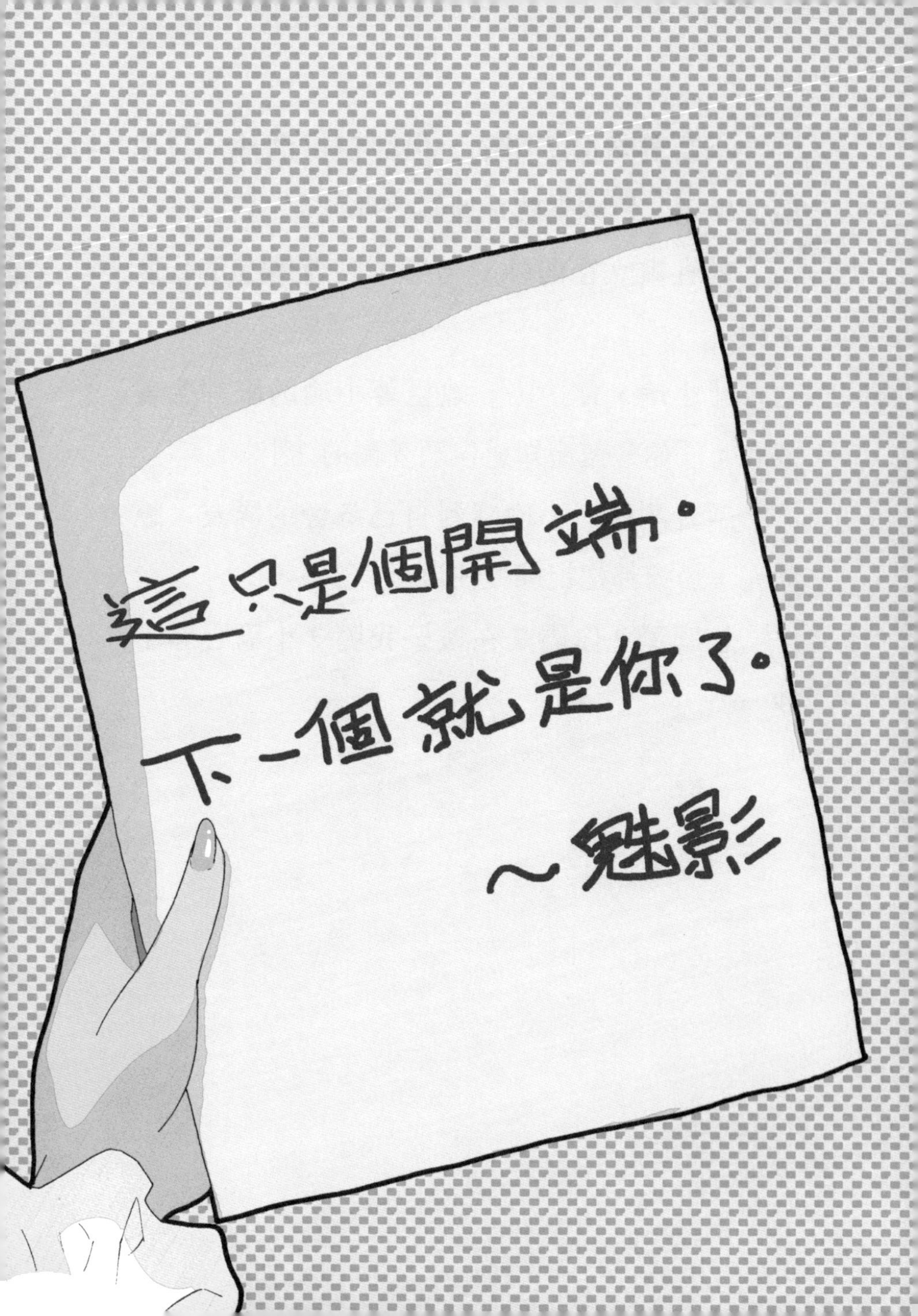
這只是個開端。
下一個就是你了。
～魅影

小喬雖然慢了半晌，但卻嚇得倒抽一口涼氣；畢竟，她本來就是魅影的目標。

一直肅立在門外的晞彤，終於踏進了化妝室內。

「小瑜，你……」她望著小瑜的眼神帶著戒心：「你是怎麼知道佳穎受傷的？」

話音剛落，小瑜感到自己身旁的隊友、經理人，紛紛都把視線投往自己身上……

怎麼了？你們是在懷疑我嗎？小瑜心感不妙……

第四章

千夫所指的小瑜

晴晴臉色發白，眼神驚恐起來。

「這門一直關著，你是怎麼知道小穎遇襲的？」晞彤難以置信地盯著小瑜：「除非，你就是……」

連最遲鈍的小喬，都意識到那是甚麼意思，她挪動身子，躲到了翔哥後面。

　　「我……」小瑜語塞；總不能說是阿鬼告訴自己的吧？

　　對阿福投以求救的目光。

　　「瑜小姐不會做出如此殘忍的事。」阿福依然信任她，然而這句話卻無法使其他人釋疑……

　　被最信任的隊友們誤會，小瑜感到百般委屈，又不知如何辯解……

對了，泳璇還在的，必須趕快把她找來。

要是她的話，想必三言兩語就能證明自己的清白吧？

阿鬼完全不在乎，只是在專心觀察著室內的一切。

「你倒是說要怎麼辦呀！」顧不得其他人在場，小瑜對阿鬼怨恨地大罵。

對於看不見阿鬼的眾人來說，這副情景尤其詭異。

阿鬼本尊卻是哭笑不得。

「你是清白的，這是明擺著的事實。」他輕挑地說道：「用不著向諸葛小鬼、甚至我求救吧？有點出息好不好？」

阿鬼這句話，使小瑜咬緊牙，拍拍自己臉頰——是的，她深知自己的清白，只要肯動動腦袋的話……

不行……

狐疑、不信任感，統統都壓到小瑜肩上，沉重萬分……

不消半秒，小瑜就萌生放棄的念頭，雙腿一軟跪坐到地上，只想聽天由命……

　　阿鬼見狀，翻了一下白眼。

　　「先叫你的僕役把穎姑娘帶到休息區療傷。」他來到小瑜身邊，蹲在她面前：「解說就交給我吧。」

阿福遵從小瑜的（其實是阿鬼的）指令，把佳穎抱到休息區，替她料理傷勢。

化妝室裡，小瑜站在正中央，默默承受著眾人的目光。

她加入 F.I.V.E. 已經一年多，跟隊友及經理人雖然偶有爭吵，但大家畢竟是友好的伙伴關係。

這種恍如公開受刑的感覺，真的使小瑜非常難受。

幸好阿鬼願意幫忙，她才能重新振作起來。

那個誇下海口的靈體圍著小瑜踱步，同時打量著

她的隊友們。

終於，阿鬼開口了。

「彤⋯⋯彤姐，指責我是襲擊穎姑娘⋯⋯呃，隊長的兇手⋯⋯」小瑜一邊複述，一邊盡力將阿鬼那些奇怪用詞修正：「只是無稽之談。」

沒人認同，更沒有人反駁，仍然是凝重的沉默。

「見面會之前，隊長曾經從會議室回到過化妝間。那時候我跟小喬一同目睹了。」這麼說著，小瑜也回想起：那時佳穎的確還是好端端的。

「小喬回到化妝室前，翔哥就走進了休息區。此後，翔哥一直在我身旁，與各位集合後，才離開後台。

「見面會時有數百名觀眾跟我接觸過；見面會完結後，我亦是跟你們一起。

「由隊長最後一次出現，到發現她遇襲

之間，我完全沒有獨處過，何來襲擊她的時機……？」

　　小瑜察覺到，剛才投在身上的懷疑目光，漸漸軟化下來了。

　　阿鬼乘勝追擊似的，伸出手直指晞彤……

　　「所以，你們對我的懷疑，無異於無的放矢！」話是照著說，但小瑜當然沒有模仿阿鬼的動作：「毋寧說，你們就是能證明我清白的人！」

　　翔哥依然皺著眉，晴晴還是不敢與小瑜有眼神接觸。

一向遲緩的小喬，反而率先瞪大眼睛，似乎明白了小瑜的自辯。

　　「等等⋯⋯這也解釋不了你知道小穎受襲的原因！」晞彤窮追猛打。

　　「這小丫頭⋯⋯毅力還是很足夠的，就是腦袋差了點。」阿鬼一笑置之，繼續指示小瑜按他的話來辯解。

　　「根本就用不著靈通力。佳穎可是個完美主義者，連一個小失誤都容不下。」作為傳聲筒，小瑜可是確實感受到阿鬼對佳穎的敬重：「她居然在演出的最後環節，無故缺席？除了她遭遇到不測外，實在很難想像到其他原因。」

　　晞彤終於靜了下來，沒再咄咄逼人。

而且……你們四位，都是我最親密的朋友、隊友……

我哪裡會有襲擊誰的理由？

　　這可是小瑜的由衷之言，不是阿鬼指導她說出的。

　　聞言，晞彤邁步走向小瑜；見她來勢洶洶，小瑜一驚——

　　出乎意料地，晞彤居然緊緊把小瑜抱進懷內！

　　「抱歉……剛才沖昏頭腦了……」她的聲音柔和下來，變回了平時那個小瑜愛戴的大姐姐。

總算洗脫自己的嫌疑，小瑜暗暗抒一口氣。

「別一臉釋懷，這事才剛剛開始。」阿鬼提醒她切勿掉以輕心。

知道啦⋯⋯不過，還好有你。小瑜向阿鬼道謝。

「那麼⋯⋯這事究竟是誰做的？」晞彤一語道破問題。

小瑜有點氣餒：自己的嫌疑是洗脫了，但最根本的問題壓根沒有解決過⋯⋯

她拿出電話，趁阿鬼沒注意，偷偷向泳璇發出求救的訊息⋯⋯

第五章

抽絲剝繭的三人

　　佳穎頭上綁著繃帶，躺在梳化上，仍然未甦醒過來。

　　小瑜不經意地望向休息區洗手間旁的窗戶。

　　外面的狂風暴雨還在持續，也意味著大家還要繼續被困在這裡。

　　小瑜和晞彤坐在角落的餐枱處，陪伴著小喬，大家都沒有説話。

　　佳穎的遇襲加上恐嚇信，使小喬終於感受到恐懼。

　　「晴晴呢？」為了打破沉默，小瑜向晞彤搭話。

　　「躲回她的化妝室了，似乎受到相當大的驚嚇。」晞彤低聲回答：「翔哥去開解她了。」

　　「嗯……」其實，小瑜的內心也是如坐針毡。

剛才你穿牆到隊長化妝室時，有看到其他人在嗎？她忍不住問阿鬼。

阿鬼搖搖頭。

可是我開門時，明明感覺到裡面有人把門拉住呀！小瑜對此大惑不解。

「沒看到就是沒看到。」阿鬼語氣相當肯定：「你肯定有人在裡面拉著門嗎？」

小瑜一愣，但看到阿鬼那張囂張的臉，還是倔強地點點頭。

不然為甚麼門開不了？

「你倒是告訴我，如果真的有人在裡面……」阿鬼哄到小瑜臉前：「那麼這個兇手是怎麼樣短時間之內消失的？」

小瑜張開嘴，卻又無話反駁。該不會魅影也像阿鬼一樣，有穿牆的能力吧？

消失的可不止是魅影：打傷
穎姑娘的兇器，到哪裡去了？
而且最重要的一點是：魅影
的目標明明是小喬，為甚麼
受襲的，卻是另有其人？

好吧，我投降了。小瑜伏到枱上，無力再

跟阿鬼爭辯下去。

苦惱之際，阿福就帶著泳璇來到了休息區。

「喂！是你把她召來的嗎？」阿鬼不滿起來。

有她一起解難不是更好嗎？學姐可是神探！小瑜沒顧慮阿鬼的感受，反而拉開椅子讓泳璇坐到她身旁。

　　泳璇在餐枱處跟她們一同坐著；阿福則打醒十二分精神，站到休息區另一邊，提防著不知甚麼時候會突然蹦出來的魅影。

　　「周同學……剛才發生的事，請你把過程及細節都一一告訴我。」她臉色凝重地跟小瑜說。

　　小瑜絞盡腦汁，不斷回憶著由她們見面會完結，直到發現魅影的信件之間，她所見所聞的每一個細節，在旁的晞彤不時幫忙補充。

　　也許依然有所遺漏吧？但小瑜已經盡最大努力了。

　　「……學姐，就這樣了……」她伏到枱上，頭殼幾乎要冒出煙來。

　　泳璇指尖敲著枱面，一副思考

的模樣。

「你是偵探吧？知道魅影是誰了嗎？」晞彤追問；她身旁的小喬也揚起眉頭，期待著泳璇的答案。

「只有一絲頭緒。」泳璇輕輕搖著羽扇：「但只要調查下去，一定能把他抓住。」

「沒有調查的必要吧？」晞彤反問：「等到風雨停了，叫警察來不就可以了嗎？」

泳璇訕笑起來。

「首先，我不覺得警察有能力解破這件事。再者等到風雨停下，魅影也可以施施然離去。」泳璇自信滿滿的回答：「趁著這場風雨，魅影被困在這裡，哪裡也逃不了。」

話畢，她一陣風似的站了起來。

「魅影的目標是她呀。」泳璇用手比向小喬:「我們沒甚麼好擔心的。」

她說得滿不在乎,頭也不回地走向了化妝室那邊;小喬卻被她這句話嚇得瞪大眼睛!

「不用怕,就交給我們吧!」小瑜不好意思地向小喬和晞彤笑著道,然後也慢跑著跟上了泳璇。

來到佳穎化妝室門前,泳璇看到門把掉落後的破洞。

「這是阿福破門時弄出來的。」小瑜留意到泳璇對破洞有點疑惑,連忙解釋:「那時門從裡面被拉住了。」

泳璇抓著洞口把門拉開,往裡踏進去。

「這裡有點冷。」她打了個寒顫。

小瑜掩著嘴巴，忍住了笑意——泳璇剛好穿過了阿鬼的身體，所以覺得冷。

泳璇小心翼翼避開地上散落的紙張，開始在室內四處走著，眼神變得凌厲地觀察著，不時拿出電話拍下案發現場的照片。

你在這裡做甚麼？小瑜問阿鬼。

「要解開魅影消失之謎，當然要來這裡視察。」阿鬼不滿地盯著泳璇，活像一隻被佔了地盤的貓一樣：「我反而想問，你帶諸葛小鬼來做甚麼？」

她受小喬所託要抓住魅影，當然要開始調查呀！

「叫她先行告退吧，你替我在這裡把兇器找出來。」阿鬼坐在梳妝枱上，大爺似的指點著小瑜。

「周同學！剛才這扇窗戶是打開的嗎？」

泳璇的聲音從洗手間傳來。

阿鬼不耐煩地翻白眼，小瑜不好意思地吐吐舌頭，馬上拋下他走進洗手間內。

泳璇望著洗手間內那扇小氣窗，似乎有點想法。

「剛才是開著的，為免風刮進來，我們把它關上了。」小瑜望著氣窗，一臉不解：「你懷疑魅影是從這裡逃脫的嗎？」

氣窗在牆的上方，只有阿福或翔哥這種高度才能碰到；可是即使窗戶完全打開，空間都不足以讓一個人通過。

「當然不是。」泳璇當然不會作出如此無稽的猜測。

嘴巴是這樣說，她卻踩到了座廁上，哄到氣窗前往外窺視。

看她爬到高處，小瑜剛想叮囑她小心——

小瑜！

　　阿鬼大呼一聲，小瑜又忙碌地回到了他身邊。

　　阿鬼蹲了在地上，好奇地望著掉到地上的門把。

　　「你看這個東西，是上鎖的狀態嗎？」

　　小瑜把門把拾起；為免她們不慎從外面把門反鎖，化妝室門鎖都是扭動式的，必須在室內，把鎖頭扭個九十度，才能把門鎖上。

　　然而，此刻的鎖頭卻是在開放的狀態。

沒鎖呀，那又怎樣了？

「那就代表——」

「周同學！」泳璇的聲
音再一次傳來，把阿鬼的話
打斷。

你要是再撇下我不管的話，我就不再理你了。

阿鬼指著小瑜警告。

小瑜聳聳肩，回到泳
璇身邊；阿鬼氣得逕直穿
過牆，離開了化妝室。

「這個房間內的所有
東西，你們有移動或者拿走過嗎？」泳璇站在
洗手間門前，望著室內的亂況。

「沒有……就是把隊長抱到了休息區去。」

「然後魅影的恐嚇信，一直都是在這裡
吧？」泳璇指向梳妝枱上那紙張問道。

小瑜點點頭。

泳璇拿起恐嚇信看了看，用手指摸摸字跡，又放到鼻前嗅了嗅。

「這……是唇膏吧……？」她把信收到了外套口袋中，然後慢慢離開化妝室。

小瑜乖巧地跟在後面。

「學姐，你明白魅影是怎麼逃離的嗎？」

「比起解答這個問題，我們還是先把魅影抓住吧。」

「甚……甚麼?!」這輕描淡寫的一句話，卻使小瑜驚訝萬分。

「你回去換件衣服戴個口罩，我們一起去看看魅影的真面目。」泳璇指指那扇通向表演廳的門，這麼對小瑜說道。

第六章

暗中監視的畫面

表演廳仍然擠滿觀眾，但氣氛跟剛才已經截然不同了。

因為惡劣天氣而被迫滯留，他們都顯得沒精打采，小部分更開始鼓譟起來。

「各位！很抱歉，等到天氣轉好之後，我們會馬上安排大家離開的！」翔哥一邊嘗試安撫，一邊指示著工作人員向他們派水。

泳璇穿過人群，向控制室進發。

小瑜在她後方，戰戰兢兢地跟著。

雖然換了衣服、戴上口罩及帽子，但仍有不少人對小瑜投以注意的目光；萬幸是似乎沒人能確實認出，她就是穿上便服的周潔瑜，所以並未引起甚麼騷動。

控制室就在舞台正對面，上一層樓梯的

位置。這裡比小瑜的化妝室要小，卻放滿了不同的機器，用來操作舞台的音響、燈光，還要負責錄影。

泳璇推門內進，常駐的兩名技工——阿高和達仔一看到她，立即站起來向她敬禮！

偵探小姐！您辛苦了！

兩人的聲音既恭敬又響亮。

「客氣。」泳璇微笑著揚揚手，他們才乖乖坐下。

小瑜不禁咋舌：他們平日開會、工作時都懶懶散散，現在對泳璇的態度會不會太誇張了？

小瑜也進入控制室，轉身輕輕關上門——

「喂妹妹！你是誰？」阿高彈了起來，兇狠地喝道。

「閒雜人等不得內進呀！」達仔也指著她怒罵。

小瑜沒好氣地摘去了口罩。

阿高與達仔發現原來闖入者是小瑜後，冷淡地回到座位，各自操作著自己面前的電腦。

　　泳璇拉來一把椅子，坐到兩人中間，掏出自己的電話放到枱上，打開了整個場地的平面圖。

　　「有甚麼發現嗎？」

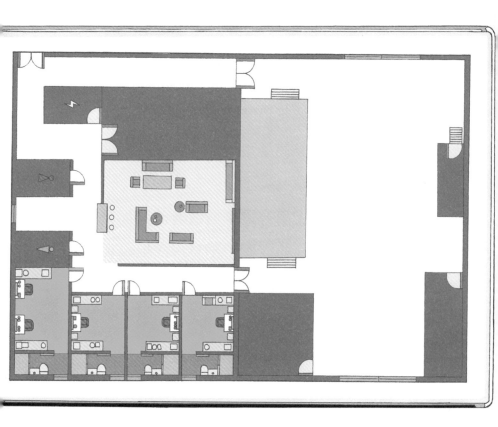

　　阿高不滿地伸手拍了達仔的頭一下。

　　這兩個傢伙像個學生一樣，在泳璇面前爭寵似的，看得小瑜哭笑不得。

　　她探頭查看，兩台電腦播放著的，都是以不同角度拍著舞台的畫面；平日用作拍攝表演的兩台攝錄機，此時居然當起監控鏡頭的責任來。

　　阿高雙手飛快操作著鍵盤及滑鼠，把畫面

快轉著。

　　泳璇聚精會神交替望著兩個熒幕，不時低頭查看電話。

　　「我不明白，你們光看影片就能找到魅影嗎？」小瑜驚訝地問道。

　　「別吵著偵探小姐！」阿高狠狠罵道。

　　「小瑜你不懂就別亂講話。」達仔附和著阿高。

　　「我就是不懂才問！」小瑜生氣了。

　　「魅影預告今天要把小喬帶走，那麼他必定會想辦法進去後台。」泳璇邊盯著熒幕邊解釋：「要走進後台，有多少個出入口？」

「三個。」小瑜對這裡瞭若指掌：「舞台兩旁各一個入口⋯⋯還有個在外面的後門。」

「是的，舞台旁的兩個出入口，剛好都在兩部攝錄機的可視範圍內。我們已經檢查過，除了你們 F.I.V.E. 以及翔哥外，沒有任何人經由這裡走進過後台。」

「嗯⋯⋯但不是還有第三個入口嗎？」

「你先聽人講完好不好？」達仔對小瑜的問題相當不滿。

「別打岔偵探小姐的話！」阿高惡狠狠瞪向小瑜。

「周同學的問題相當好，因為這兩扇門對魅影來說都是走不得的。」泳璇反倒稱讚起她來了：「即使他不知道有鏡頭拍著，表演廳可是無時無刻都待滿了觀眾以及工作人員。」

「就是呀！後門又沒有監控，要是魅影從後門進來，你們看這裡的畫面有用嗎？」

阿高剛開口想罵小瑜，她立即先發制人舉起手制止他。

　　「平日的話是這樣沒錯，還好今天有這場風暴。」

　　小瑜不明所以，鼓起嘴巴側著頭，望向泳璇。

　　泳璇伸手到達仔面前，「咔嚓」地按了滑鼠一下把畫面暫停，轉過身來微笑對著小瑜。

他即使走到外面，經由後門去到後台，也無法去到小喬所屬的化妝室，因為你的管家先生可是一直都待在休息區內。為免被發現，他唯有再一次從後門離開，回到表演廳。以現在的雨勢來看，必定會弄得全身濕透。

小瑜感到恍然大悟。

哦……！

終於明白了是吧？

好笨呀……

小瑜忍不住對阿高和達仔發起飆來！

你們都給我閉嘴！

泳璇舉起羽扇指向熒幕：剛才她把畫面定格，角落剛好就拍到一個穿紅色外套，身上還滴著水的男生。

因為是用來拍攝演出的攝錄機，畫像清晰得連男生的臉孔都拍得一清二楚。

「他就是魅影……」小瑜
望著男生瘦削的臉，喃喃自語：
「為甚麼要襲擊隊長呢……？」

「周同學，你是不是搞錯
甚麼了？」泳璇用羽扇擋在她
們兩人面前，對小瑜説起悄悄
話：「魅影只是個重要證人，
襲擊佳穎的兇手，可是在你的隊友之中。」

「甚——麼—— !?」

小瑜難以置信地瞪著泳璇，但她的表情卻
絲毫不像在説笑。

第七章

陷入絕境的魅影

　　小瑜跟泳璇在阿福的協助下，把魅影——
這個高眺瘦削，頭髮衣服仍是濕漉漉的男子——
帶到了會議室內。

魅影就坐在長枱盡頭的椅上，充滿敵意地
盯著泳璇。

　　雖然沒有被綁起，可是阿福殺氣騰騰的站
在他旁邊，已經使他不敢輕舉妄動。

泳璇和小瑜坐在長枱的另一端，一直與他四目交投，兩人都沒有說話。

　　「你為甚麼要襲擊隊長？」小瑜一馬當先向魅影逼問。

　　她可不願相信泳璇的說話：兇手就在隊友之中……

　　要是魅影即場坦白認罪，那就最好不過了。

　　面對小瑜的問題，他仰頭冷笑。

　　「那個女人發生甚麼事，都與我無關！我是為小喬而來的！」他冷冷地望著小瑜。

　　「你就快點招認吧！」

　　「周同學，這位先生可不是在狡辯。」泳璇說道：「別說襲擊佳穎了，他可是連接近化妝室的機會都沒有。」

　　她拿起枱面的遙控器一按，投影機亮起，把場地的平面圖打在了她背後的白板上。

　　「要是我說的有錯誤，你就儘管糾正我。」

泳璇拿起一枝白板筆，對魅影說道。

「我甚麼都不會說，除非叫小喬來見我。」魅影嗤之以鼻。

「你是從這裡大門離開表演廳，再經由後門走進後台的。」泳璇在平面圖的投影，表演廳上方的大門畫了一個箭嘴，指向後門的方向：「時間大概是演出完畢後，F.I.V.E. 回到後台那段空檔；本來守候在那裡的阿福，被小瑜召了進來，因此後門沒人看守。」

接著，她在休息區打了一個大大的紅色交叉。

「很可惜，阿福進來之後，幾乎一直待在休息區中。你完全無法越過這個視野開闊的地區，留在走廊又怕被發現，因此只能躲到這裡。」泳璇圈起了「電錶房」的位置：「我猜大概在見面會完結前，你就遁原路回到表演廳，放棄了──」

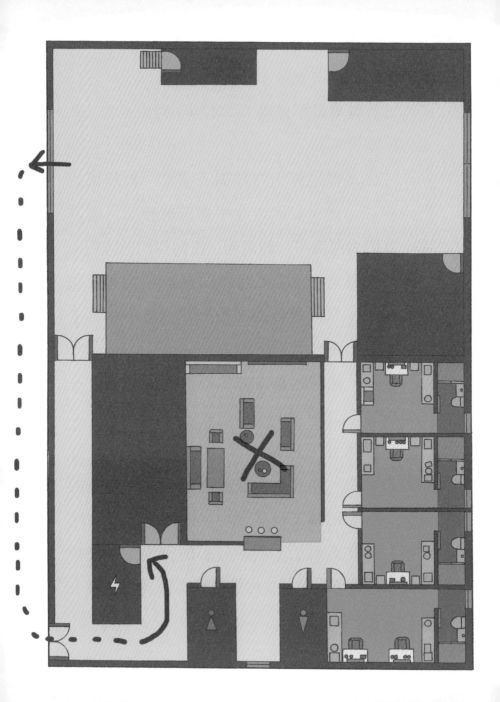

「我可沒有放棄！」魅影拍枱打斷了泳璇的話：「沒有跟小喬單獨相處到的話，我可是不會放棄的！」

「別把自己當成甚麼忠實粉絲吧，好好跟我們合作的話，還可以給你一次機會。」泳璇語氣凝重起來：「你只是個擅闖後台，還不打自招的跟蹤狂；別說跟小喬見面了，你連再次來到這裡看演出的機會，都可能會被扼殺掉。」

魅影聽到這句話，臉上那副不可一世的表情，漸漸化成了訝異的神色。

　　「喂⋯⋯不要這樣⋯⋯你們想知道甚麼嘛？問就好了⋯⋯」

　　「告訴我，你躲藏的那段時間看到甚麼。」

　　「呃⋯⋯我看到小喬跟著你們到休息區⋯⋯談起我的事，然後她又回到了房間⋯⋯」魅影努力地回想著：「接著你們都集合起來出席見面會。那時我怕會被人發現，於是抓緊機會回到表演廳去了。」

　　「沒有離開過電錶房嗎？」小瑜打岔問道。

　　「裡面又黑又吵，我躲得好端端，為甚麼要離開？」

　　「除了小喬之外，你還留意到甚麼？」

　　「嗯⋯⋯」他搔著頭，不斷翻查著記憶：

「呀！」

魅影忽然兩眼一睜喚起來，嚇了小瑜一跳！

「那時候……隊長跟經理人在會議室，好像吵起架來了。」他雙手拍枱站了起來：「不不不，與其說是吵架，倒不如說隊長在發飆！」

「他們在吵甚麼？」小瑜追問。

「我怎麼知道？都說了電錶房裡面好吵！」魅影噘起嘴角：「只是隱約聽到她提起有關離團的事！」

所以說，翔哥剛才宣佈隊長離團，原來是她剛剛下的決定嗎？小瑜內心泛起疑問。

泳璇好像已取得足夠的資料了。

「阿福，麻煩你送這位先生離開後台。」她禮貌地向阿福說。

阿福點點頭，輕輕拉著垂頭喪氣的魅影，走向會議室大門。

「我再忠告你一點。」經過泳璇身旁時，她再次嚴厲地警告魅影：「別再弄些甚麼網絡騷擾的戲碼了。」

聞言，魅影慌張地點點頭，忙亂地離開了會議室。

剩下小瑜跟泳璇兩人。

小瑜望著泳璇的臉，一直想問的問題終於衝口而出。

「為甚麼說兇手就在我們隊伍之中？」她趨近泳璇面前，難掩內心的激動。

「唯一有可能犯案的只有兩人，都是你的隊友。」

她好像想起了甚麼一樣，從口袋掏出了那張魅影的恐嚇信。

望著信，沉思起來⋯⋯

「這信不是魅影留下的，因為他根本無法進去化妝室。」泳璇喃喃自語，聲音愈來愈小，小瑜完全聽不見⋯⋯

小瑜內心相當不安。

她既想泳璇快點看破真相。

可是，泳璇卻指她的隊友就是真兇。

她完全不相信，平日都那麼友好的大家，居然會犯起這麼可怕的罪行——

「周同學⋯⋯我想通了！」

泳璇這句話，如同宣判死刑一樣，打斷了小瑜的思緒。

「甚麼？」

「我已經把範圍縮窄到一人了⋯⋯」泳璇臉上露出

笑容：「她就是襲擊佳穎的真兇⋯⋯！」

「你⋯⋯」小瑜好想反駁，卻又完全不知從何辯起⋯⋯

泳璇完全沒讀懂小瑜這個心情，而是繼續發表著自己的思路。

「是的；阿福！麻煩幫我聚集一下大家，我要把真兇揭露出來。」

小瑜待不下去了！

不顧阿福和泳璇的驚訝，她飛奔著離開會議室——

亦沒理會被嚇倒的晞彤及小喬，穿過了休息區——

跑回自己的化妝室去。

「砰」一聲關上門；如她所料，阿鬼果然在這裡。

他躺在掛衣服的鐵架上方，百無聊賴地拋

　　接著匕首；看到小瑜走進來，立即別過臉去。

　　「你可以幫我找出襲擊隊長的兇手嗎？」

　　「呵，你不是選擇跟諸葛一同行事的嗎？怎麼又回來找我了？」阿鬼訕笑著，似乎對小瑜拋下自己仍在生氣。

「學姐⋯⋯學姐她懷疑兇手是我的隊友⋯⋯」小瑜聲音相當微弱：「可是，彤姐、晴晴、小喬⋯⋯我們都是經歷了那麼多的伙伴，怎麼可能會⋯⋯」

小瑜說不下去，吸一吸鼻子，眼淚就流了出來。

她哽咽的聲音，引起阿鬼的注意。

小瑜低著頭，淚水不斷滑過她的臉頰，掉到地上。

阿鬼看得不忍，歎了一口氣。

他苦笑著從鐵架翻一個筋斗，落到小瑜面前。

「笨丫頭，你既然如此堅信的話，就應該不惜一切，駁倒諸葛的推論。」他伸手摸著小瑜的頭：「而不是垂淚敗走，哭哭啼啼地來到我面前！」

小瑜抬頭望向阿鬼。

他的觸碰仍然是冰冷得讓她顫抖。

然而他的眼神卻使小瑜內心一陣溫暖。

那是既堅定又信任的目光。

小瑜首次感受到，也許阿鬼真是自己的守

護靈……

　　「我知道了。」她用手背拭去眼淚：「請你告訴我怎樣做！」

　　阿鬼才剛張開嘴巴，就被一陣敲門聲打斷了——

　　「瑜小姐。」阿福的聲音從門後傳來：「請到休息區集合，諸葛小姐已經把謎團解開了。」

　　沒時間了！小瑜內心一沉……

阿鬼反而鬥志滿滿地站起來，扭動著脖子。

　　「唉……這次還是由我出馬吧。在諸葛小鬼胡謅時，我就趁這個空檔，把真兇的身份揭露出來！」他自信地穿牆離開，去到佳穎的化妝室。

　　小瑜望著他的背影，也只好硬著頭皮，推開門步向休息區。

第八章

坦承罪行的犯人

休息區中。

小瑜坐在梳化處。

阿福跟翔哥在會議室門前談著甚麼；晞彤、小喬和晴晴都在餐枱那邊；泳璇站在休息區的正中央，打量著她們三人。

小瑜知道，泳璇很快就會說出自己的推理，從她們之中指證出襲擊佳穎的兇手。

她望著對面躺著的佳穎，內心焦急萬分。

在解謎上能跟泳璇一鬥的，就只有阿鬼吧？小瑜只想阿鬼快點回來⋯⋯

翔哥聽著阿福的話，掏出筆記本寫下了甚麼，然後終於回到休息區內，跟晞彤她們一起就坐。

「人都到齊了吧，那麼我就開始了。」泳

璇清了清喉嚨：「首先，我已經把魅影的資料，都託阿福轉告翔哥了；往後請密切留意那個人。」

「那麼魅影在哪裡？」

「回到表演廳那邊，待風雨過後就會回家。」

「你把真兇放走了？」晞彤不敢相信，大呼起來。

「魅影也許是個惡劣的跟蹤狂、騷擾者，但他並不是兇手。」泳璇慢慢往餐枱走近：「我已經翻查過錄像，以及在場所有人的證詞；魅影可是連接近化妝室的機會都沒有，更遑論犯下襲擊案了。」

「好呀，那你倒是告訴我誰是兇手？」晞彤與泳璇對上了目光，挑釁似的問道。

四人當然不服，連忙各説各話，鬧起哄來。

泳璇也沒有打斷，而是等到她們漸漸靜默下來，才繼續發言。

使用簡單的消去法，真兇就無所遁形了。周同學早前已經證實了自己的清白，我就不再複述了。

而根據魅影的證詞，小喬在這段時間中只有來回過休息區，以及她自己的化妝室。

泳璇把目光投到小喬身上：「所以，你不可能是犯人。」

「同理，翔哥在佳穎最後一次現身後，就從會議室來到休息區，此後一直都在我跟小瑜旁邊，他的嫌疑也可以排除。」

晞彤跟晴晴都明白那是甚麼意思。

「他們都排除了，你意思是我就是兇手嗎？」晞彤氣沖沖站起來，不服氣地罵道。

「只能說，你們兩位是沒有不在場證明的。」泳璇一笑，對這個質問含糊帶過。

接下來，她從口袋拿出了那封恐嚇信⋯⋯

「恐嚇信又怎麼了？」晞彤咄咄逼人。

「你們走進佳穎的化妝室時，裡面的東西不是被風吹得到處飛嗎？」

晞彤點點頭。

「那麼為甚麼恐嚇信好端端地在枱上？」

晞彤張開嘴巴想回答⋯⋯

然而，她說不出任何合理的解釋來。

的確，那時強風把室內的紙張刮得亂竄，連鐵架上的衣物都搖搖欲墜；為甚麼這單薄的紙張，居然一直穩妥地在枱上呢？

「原因只有一個——在阿福關上氣窗後，兇手才走進室內，把恐嚇信放下，嫁禍魅影的。阿福確認室內沒有危機時，除了晞彤之外，所有人都走了進去；因此晞彤是無法留下恐嚇信的。」

連晞彤都排除了，剩下的那位少女面如死灰⋯⋯

偵探緊握著手中的羽扇，指向了她——

晴晴當場愣住，瞳孔像蒙上了一層灰一樣。

然後，掩著臉哭了起來。

「對不起……」她嗚咽地不停道歉起來：「對不起對不起對不起……」

◇　　◇　　◆　　◇　　◇

她這個反應，跟招供沒分別了吧？

可是，她的隊友們完全不明白！

「嗯……？」小喬一臉迷糊。

「偵探小姐！你會不會搞錯了甚麼？」晞彤高聲喝道。

「究竟是甚麼回事？晴晴為甚麼……」小瑜也跑到眾人身邊。

「對不起……」晴晴的情緒依然未穩定下來，只懂一股腦兒地重複著：「對不起……」

「你別再道歉了！」晞彤焦急起來，抓住她的肩膀：「冷靜下來！這真是你做的嗎？」

「雖然有些小細節，要當事人才清楚，可是……」泳璇也在餐枱最後一個空位就坐：「我猜想的事情經過是：佳穎離開會議室後，在自己的化妝室裡跟凱晴起了爭執。內容……大概是佳穎對她的不滿及批評吧？」

「演出結束後……我收到佳穎的訊息，把我喚到她房間……」晴晴終於開口：「她依然因為表演失誤的事，不斷地責罵……為甚麼她每次要針對我？我又只能低聲啞忍？我真的受不了，當時就氣上心頭，腦袋一熱……」

「回過神來，發現自己已經狠狠地推倒

了佳穎⋯⋯她往後跌倒，頭撞到枱邊，暈了過去⋯⋯」說到這裡，晴晴害怕地望了一下眾人的眼神：「我慌忙逃回到休息室，聽到小喬跟你們⋯⋯在討論『魅影』的事⋯⋯」

然後，她就說不下去了⋯⋯

「於是就產生了用偽造恐嚇信，來嫁禍魅影的這個計劃了。」泳璇放柔聲線，向晴晴問道：「這畢竟是個佳穎醒過來後，就會被戳破的謊言；其實你只是一時鬼迷心竅⋯⋯並沒打算一直隱瞞的，是嗎？」

晴晴哭得肩膀抽搐著，對泳璇點了點頭⋯⋯

事已至此，晞彤跟小喬都無話可說了。

一整天不斷的演出、動腦，還要目睹前輩受傷、朋友痛心的自白⋯⋯

小瑜只覺得好累。

她伏到枱上，好想一覺睡醒，發現這其實只是一場夢⋯⋯

「⋯⋯我先把小穎帶進會議室，你們就看管著晴晴吧。」翔哥托托眼鏡，語氣也沉重起來：「等到風雨一過，就把警察召來，一五一十地

告訴他們。」

「趕快制止他。」阿鬼的聲音從身後傳來！

小瑜整個人彈了起來，身旁的晞彤及泳璇都好奇地望向她⋯⋯

別神出鬼沒！你是甚麼時候回來的？小瑜差點被他嚇死！

「我本來就是鬼好不好！」阿鬼哭笑不得：「劉姑娘的自白，並不是事實的全部！」

你意思是⋯⋯晴晴在瞞騙甚麼嗎⋯⋯？

「正好相反，迄今為止，不管是劉姑娘的自白，還是諸葛小鬼的推論，全部都是事實。」阿鬼翹起雙手：

「只是，這些事實並未足以解答所有問題，讓你們一窺最後的真相。」

　　翔哥從梳化處抱起了佳穎，準備走向會議室那邊。

　　「還未結束！別讓他把穎姑娘帶走！」阿鬼指著他大喊。

　　小瑜一聽，內心一懍；也沒再追問任何細節，立即反應過來。

　　「等等！這裡還有事情未解決！」她倏地站起，喝止了翔哥！

　　這一句宣言，使在場眾人——包括泳璇和
晴晴在內——都把目光移到了小瑜身上！

　　翔哥也把佳穎放回梳化上，定睛望向小瑜。

　　小瑜手足無措起來，斜視向阿鬼跟他求
救⋯⋯

　　「不用慌，接下來⋯⋯」阿鬼成竹在胸，
翹起雙手威風凜凜地站著：「你就按我的話，
一 • 字 • 不 • 漏地說出來吧！」

第九章

洞悉一切的幽靈

「周同學，你有甚麼要補充嗎？」泳璇疑惑地問道。

「學姐你的推論雖然並沒有錯，但卻只是部份的真相。」小瑜站到了阿鬼面前：「有關……有關當時的情況，我有兩個問題想晴晴親口回答……」

「別迫她再回想過程了！有必要這樣嗎？」晞彤不滿小瑜（其實是阿鬼）的要求。

「有……有必要！晴晴，拜託你了……」

晞彤一貫地想要繼續跟小瑜辯下去，然而晴晴卻咬著嘴唇，點了點頭。

「你確定佳穎是往後倒下的嗎？」

「嗯……我是從正面推倒她的……」晴晴點點頭。

「那麼……事後你有把氣窗打開嗎？」

晴晴搖搖頭。

　　緊接著，她——還有泳璇和晞彤——都猛然醒覺到一件事……

　　看到她們三人的反應，阿鬼滿意地微笑；倒是小瑜還未搞清楚是甚麼事。

　　「對了……佳穎的傷在前額，不可能是晴

晴推倒她時造成的……」泳璇重新拾起了扇子，開始思考著：「而且，氣窗不是晴晴打開的，那就代表……在這之後，還有其他人進入過案發現場……？」

「呀！原來是這樣呀？」小瑜聽到泳璇的話，才明白了阿鬼這兩個問題的用意——在指證真兇前，必須先讓晴晴明白，她不是兇手。

「劉姑娘……晴晴你是因一時之氣犯下了錯誤。」小瑜繼續說下去：「只是，佳穎的傷勢，還有窗戶的問

題，都說明你並不是犯人。」

晴晴本來歉疚陰暗的眼神，開始變回清澈。

然而，小瑜這番發言，使整個情況又回到了原點：那麼，真兇到底是誰？

「以下是我的推斷：佳穎被推倒後一直在化妝室中。那時候真兇趁著所有人的注意力，都在表演廳的時候，潛回了後台犯下這宗襲擊案。」

泳璇是最先反應過來的；這句話使她揚起眉頭，然後再度陷入思考……

「如學姐所言，僕役……阿福一直在休息區，而門則在攝影機的監視下。能夠不引起懷疑進到後台的，就只有在座的四位。」

「還好，你們四人之中，三位都有著鐵一般的不在場證明。」阿鬼繞過小瑜，踱步到面前四位疑兇面前，逐一端詳他們的臉：「因為，你們都在見面會上，數以百計的粉絲目光之下，

没有犯下罪行的時間。」

　　事已至此，真兇身份已經昭然若揭了。

　　阿鬼腳步停下來，站在了他面前⋯⋯

真正的犯人，
是你。

翔哥先是一愣，然後恢復了一貫溫柔的笑容。

　　「你在說甚麼傻話？晴晴不是已經招認了嗎？」翔哥托托眼鏡，對小瑜一笑：「窗戶甚麼的細節……有可能是她記錯吧？」

　　「我先點明諸葛……學姐沒有解決的兩個問題吧。」小瑜——還有她身後的阿鬼——豎起了兩根手指：「第一，兇器究竟到哪裡去了？第

二，為甚麼小瑜……我……我指的是自己啦，哈哈……為甚麼我當時會感到室內有人反拉著門？

「看似不同的問題，指向的卻是同一個解答。

「我是這樣猜想的：在見面會開始、你打點好一切後，就回到後台化妝室找佳穎。

「她撞到頭的傷並不重，那時多半已經醒過來了。可是，沒花多久，你們兩人又吵架起來。吵的是甚麼我無從稽考，多半是你們兩人在會議室鬧得不歡而散的那個話題……

「最後，你們沒有談出個所以然來，更因此再次吵起來；你就用當時手上拿著的那東西，襲擊了佳穎。這時問題出

現了。阿福一直在休息區，表演廳又擠滿了人，你手上拿著沾血的兇器，不論往哪邊走，都是死路一條；必須先把它處理掉⋯⋯

「對翔哥來說，真的禍不單行，因為在你猶豫未決之際，我們的見面會已告完結。多管閒事的⋯⋯的我還把隊友們聚集在化妝室門前，想要了解佳穎的狀況。

「情急之下，你唯有發訊息給彤姐，讓她召集我們到休息區。你沒有叫隊長負責召集隊員，因為她那時已經頭破血流的倒在你面前了⋯⋯哦！」

小瑜又恍然大悟了，難怪那時晞彤收到訊息時，阿鬼會感到奇怪！

「你並沒多餘時間想辦法處理兇器，最直接的做法⋯⋯就是打開氣窗，把它扔到外面。」

「窗就是這時打開的嗎？」晞彤打岔問道。

「沒錯。氣窗外的地上，種著灌木，可以掩蓋著丟到地上的兇器。翔哥大概是打算事情過後才去把它回收吧。翔哥在處理完兇器後，就趕著回到休息區。

　　「門關上之後，化妝室就成了密閉空間。因為門被設計成往外拉，所以在窗戶打開的情況下，外面的強風造成了氣壓差。」

小瑜按著阿鬼的話來轉述，卻完全聽不明白。

　　「甚麼是⋯⋯氣壓差⋯⋯？」晞彤的問題，道出了小瑜內心的疑問。

　　「你把整個化妝室想像成吸盤，因為強風把室內的部份空氣抽走，所以門就被牢牢吸住了。」泳璇替她補充。

　　「所以，在裡面拉住門的不是人⋯⋯而是氣流⋯⋯」小瑜終於明白了。

　　「對的，那只是個假象。」泳璇點點頭：「阿福打破門把時，製造出破洞，化妝室內外的氣壓差消失，門就自然能輕易打開。」

　　「這都是你的胡思亂想吧？」翔哥仍然從容：「比如說，兇器是甚麼，你都沒告訴我們呢！」

　　這時，泳璇拍了拍小瑜的肩膀，給予一個

信任的眼神，然後不顧眾人狐疑的目光離開了休息區。

　　——甚麼意思？我可不知道兇器是甚麼呀！

　　對呀！兇器是甚麼？小瑜把電話舉到自己臉旁，向阿鬼問道。

　　「就是……就是那東西……」阿鬼支吾以對，就是說不出「那東西」的名稱：「像你的電……電話一樣，可是相當大型的那東西……」

　　他走到了小瑜面前，指著她的電話，左手做出捧著甚麼東西的動作，右手伸出手指，在

左手上方滑來滑去……

「呀！平板電腦！」她興奮地拍拍手：「翔哥，你的平板電腦呢？」

大家終於注意到，翔哥之前一直在使用的平板電腦，不知何時開始不翼而飛了。

翔哥臉色一下黯淡起來。

剛好，泳璇在這時回到了休息區中，渾身濕透，還有點氣喘，似乎是跑回來的。

泳璇抖了一下外套，掃走上面的水珠。

接下來，從懷中取出一部沾著水及污泥的平板電腦！

「這就是兇器吧？」晞彤認出了翔哥慣用的平板電腦。

翔哥正想開腔辯駁時，泳璇舉起平板電腦對著他的臉。

「嚓」一聲，裝置就解鎖了。

無從抵賴。

「這下子沒有任何反駁了嗎？」小瑜看著翔哥的臉，掩著嘴巴問道。

翔哥低下頭，不知道在盤算著甚麼⋯⋯

他忽然發難起來，推開泳璇向小瑜衝過去！

阿鬼一下閃身擋在小瑜面前，奈何翔哥一下穿過了他——

危機迫近！

但小瑜無處可逃！她閉起了眼睛，用手護在頭上——

嗖——碰！

　　翔哥應聲往旁飛走，撞到牆上，昏死過去……

　　原來，一直在旁守候的阿福立即撲了上前，狠狠地把翔哥摔走了……

　　「瑜小姐……沒事吧……？」阿福沉聲問道。

　　小瑜搖搖頭，鬆一口氣，累得在地上坐了下來。

　　「這下子……總算是結束了……」

第十章

再次集結的少女

風暴過去了。

觀眾們開始離開現場，對剛才後台發生的案件，毫不知情。

阿福把翔哥帶到了會議室內，正在讓泳璇向他確認事實。

小瑜、晞彤、晴晴及小喬四人，都圍到梳化旁看著佳穎。

她長長的睫毛抖動了一下，似乎快要醒過來。

「放心吧，穎姑娘的傷不重。」阿鬼安慰著小瑜：「你那僕役把她傷勢料理得很好。」

對了，氣壓差甚麼的⋯⋯科學的東西，你是怎麼學會的？小瑜相當好奇。

「你的塾師有講過呀，誰叫你每天回到私

塾，都只顧睡覺？」

小瑜尷尬地迴避阿鬼的目光；這個麻煩鬼，在學校時居然比她還要專心上課！

泳璇離開會議室，回到了她們身邊。

因為剛才外出找兒器，被淋得渾身濕透，現在她暫時換上了晞彤借給她的制服；小瑜看到她這個形象，眼前一亮。

「都結束了。」她對少女們作最後的交代：「翔哥想私下把佳穎賣掉，讓她脫離 F.I.V.E. 單獨出道；佳穎一直抗拒著這個安排，他們就是為了這個起爭執的。」

「我是有聽過她要離開的想法，沒想到背後是這樣……」晞彤皺起眉頭：「既然發生了這件事，翔哥也無法再迫小穎了吧？」

「接下來，要離開的應該是我吧？」晴晴苦笑著說。

眾人不禁望向她，一臉驚訝。

「也許把佳穎搞成這樣的不是我⋯⋯但我的確控制不住情緒，對她動粗了⋯⋯很難再次面對——」

啪！晞彤狠狠地彈了晴晴的額頭一下，硬生生把她的話彈斷！

「你傻嗎？她最近對你那麼嚴厲⋯⋯」晞彤雙手撐著腰對她訓話：「就是希望在自己離

開後，讓你來成為隊長！」

晴晴揉著被彈的前額，難以置信地望著睎彤。

「讓我⋯⋯成為隊長⋯⋯？」她把目光移到佳穎的臉上：「為甚麼是我？」

「除了小穎以外，我們之中最靠得住的就是你了吧？」

「是的，你只是欠缺點自信而已。」小瑜也附和起來。

晴晴對自己仍有猶豫⋯⋯

「比起佳穎跟彤姐，我還是──」

睎彤再次伸手到她面前，嚇得她連忙住口。

「小穎最擔心的就是你！你就別再懷疑她的信任了！」睎彤哈哈大笑：「小喬，你說是吧？」

不愧是小喬，不論何時都那麼天然呆；晞彤一下摟住了她，像摸小貓一樣揉著她的頭髮；看到她們這樣，晴晴忍不住露出了笑容。

這個情景，使泳璇感到功成身退，準備悄悄離開。

小瑜瞥見她的身影，感到機不可失，立即跟到她身旁！

「學姐……你穿上 F.I.V.E. 的制服很可愛呀。」她試探似地問道。

「裙太短、鞋太高，還有這個……」泳璇對這身服裝相當不滿，用手指拈起胸前掛著的吊飾：「太奇怪了。」

「我覺得還蠻適合的呀！你要不要——」

「我的話就算了。」泳璇笑著打斷：「你們五個就是最好的組合，多一個、缺一個，都會變成另一回事。」

小瑜對泳璇吐了吐舌頭。

這時，晞彤她們七嘴八舌起來⋯⋯

因為佳穎終於睜開眼睛，甦醒過來了。

小瑜看到這情況，立即興奮地跑回到隊友的身邊。

泳璇跟阿鬼並肩站著，望著她遠去的背影⋯⋯

是心理作用嗎？阿鬼感到泳璇望了自己一眼⋯⋯

不過，看到小瑜跟她的隊友一起時，那個喜悅的神情，阿鬼也心滿意足，不再理會這般瑣碎的事了。

妙探鬼靈精

Spirit Detectives

02

消失的魅影

—— 完 ——

下回預告

妙探鬼靈精 Spirit Detectives

03

留在家中養傷的佳穎，忽然發現弟弟加入了一個名叫「薔薇社」的組織。

佳穎害怕弟弟受騙，於是向小瑜求助。茫無頭緒的小瑜為了幫助朋友，毅然帶著阿鬼開始查探這個奇怪組織的底蘊。

同時，泳璇被另一宗離奇案件纏上：一個身份神秘的賊人，居然公然向她預告自己的犯案時間、地點及目標，向身為神探的她立下挑戰書！

小瑜、阿鬼與泳璇抽絲剝繭後，慢慢觸及背後真相，卻沒料到危機正在逐漸迫近……

第三期 2021 年冬季出版

Spirit Detectives

創作繪畫	余遠鍠
故事文字	何肇康
策劃	YUYI
編輯	小尾
設計	faminik
製作助理	張耀東
出版	CREATION CABIN LTD.
	荃灣美環街 1 號時貿中心 6 樓 4 室
電話	3158 0918
聯絡	creationcabinhk@gmail.com
發行	泛華發行代理有限公司
	香港新界將軍澳工業邨駿昌街 7 號 2 樓
印刷	高科技印刷集團有限公司
出版日期	2021 年 5 月
ISBN	978-988-75065-3-9
定價	$68

出版　創造館 CREATION CABIN

製作